KB242825

동작역에서

b판시선 79

윤재철 시집

동작역에서

도서출판 b

본질에 육박해 보자는 것이
추억 타령이 된 건 아닌지
본질은 자꾸 희미해지고
화려한 이름과 디자인만 춤추는
그림자 세상에
본디의 빛깔과 향기를 찾고 싶었다

수상한 시절에
시 쓰기가 어렵다는 것은 알지만
그래도 사라져가는 계절과
사라져가는 고향과
길 위에 서성이는 가로수에게
따뜻한 위로의 말이라도 전하고 싶었다

| 차 례 |

제1부

유리창에 부딪혀 죽은 새 1

새는 지난밤
투명한 유리창
캄캄한 벽을 뚫고

저쪽 경계로
한 줄기 빛처럼
날아갔다

수직의 바람벽
바닥에는 밤새
찌르레기 몇 마리가 낙하했다

투명한 유리창은
오늘도
슬픈 거울이 되었다

유리창에 부딪혀 죽은 새 2

아침이면
영혼처럼 맑은
유리창에는

다시 하늘과 수풀이 비치고
초록 잎새의 환상과
붉은 열매의 기억이 떠오르지만

새의
주검은 고요하다

조심스럽게 들어 올려 보면
고개가 아래로 축 처지고

핏방울 하나 없이
보드라운 깃털의 온기만 따스하다

애련 · 달항아리

홍수 지나간 자리
푸른 갈대는 쓰러져 눕고

부러진 나뭇가지 위에
진흙투성이 어린 새의 주검

이젠 세상에서 가장
장엄한 일몰을 보고 싶다

기울어진 그대
둥근 어깨너머

숨죽인 울음 하나

빙렬*

청자 항아리
입술 터진
머리카락 같은 금 사이로
앞서 길 떠난 친구의
뒷모습이 보인다

그대 고향 찾아가는가

무심 구름처럼
이제는 그리움도 지쳐
먼 하늘
청산을 가고 있는 사람의
뒷모습이 보인다

성긴 듯
촘촘한 그물눈 사이로
소슬바람은 불고
그 길가에

들국화 무리 지어 피어 있다

* 빙렬: 도자기의 유약을 바른 표면에 가느다란 금이 가 있는 상태.

동작역에서

나는 있지
전동차를 기다리며
전동차를 그냥 보내며
하늘이 보이는 지하철역
길게 열린 창으로 햇빛 바라보며

나는 있지
승강장 나무 벤치에 앉아
내리는 사람 바라보며
오르는 사람 바라보며
닫히는 문 바라보며

스크린 도어 너머
미끄러지듯 떠나가는 열차
꽁무니에 달린 빨간 불빛 바라보며
텅 빈 승강장 바라보며
나는 있지

다시
전동차를 기다리며
그냥 보내며
내일을 기다리며
그냥 보내며

다시 먼 후일

일상의 계단
내려와서
이수역 7호선 승강대
출입문 4-3

스크린 도어 비상문에 박힌
김소월의 시 먼 후일
먼 훗날 당신이 찾으시면
그때에 내 말이 잊었노라

하루 종일
도봉산행 열차 지나가며
똑같이
그 자리 멈춰 서지만

그때에 내 말이
잊었노라
무척 그리다

잊었노라

이수역 7호선 승강대
출입문 4-3
바닥에는 아직도 사회적 거리 두기
발자국 두 개 남았다

구림 가는 길

평행으로 달려가다
끝내
길은
점이 된다

나무 한 그루 없는 간척지
말라붙은 수로 따라
갈대가 가고
전봇대가 가고

멀어질수록 길은
점이 된다
까맣게 사라지는
가서는 돌아오지 않는

들판 끝
구름은 무심하게 흘러가고
노을은 번져 오르는데

기러기는 아직 돌아오지 않았다

보이저 1호를 추억하며

나는 있지
왕도 노예도 아니게
슈퍼스타도 엑스트라도 아니게
창백한 푸른 점 위에
티끌보다도 미미하게 나는 있으면서

가끔은 보이저 1호를 추억한다
잠자리에 누워 혹은 지하 열차로
땅속을 달리면서
파라오 같은 태양계의 손아귀를 벗어나
48년째 별과 별 사이 우주를 달려가고 있는

영원한 여행자 혹은 민들레 꽃씨
낙하산처럼 갓털에 매달려
캄캄한 무한 허공 속을 출렁이며 흘러가는
민들레 꽃씨 하나
보이저 1호를 추억하면

나는 가는 것도 아니고
오는 것도 아니게
땅에 붙어 살면서
인연도 아니고 인연이 아닌 것도 아니게
거미줄에 묶여 살면서

가끔은 소망하듯이
도망치듯이
혼자
영원한 여행자
보이저 1호가 그리워지는 것이다

마다가스카르섬으로 가고 싶다

열대야에 지친 밤이면
에어컨으로 꼭 닫힌 창문을 빠져나와
인도양 푸른 바다 건너
마다가스카르섬으로 가고 싶다

거기 모론다바의 들판 가운데
바오바브나무의 거리
말미잘의 촉수처럼 벌린 가지마다
푸른 별을 매달고 서 있는

바오바브나무에게로 가고 싶다
아무 옷 걸치지 않은 알몸으로
어린 왕자의 별을
눈물처럼 매달고 서서

천년을 꿈꾸는 나무
바오바브나무 속으로 들어가
검푸른 하늘

푸른 별 속을 가고 싶다

남반구는 지금 겨울
멀리 마을 위 산자락에 걸린
눈썹 같은 그믐달 보며
바람 부는 마다가스카르의 밤

어싱*

차들 내달리는 사평대로 옆 녹지대
벌거벗은 키 큰 나무들 사이
새롭게 닦아 놓은
누런 황토 흙길을

한 여자가 걷고 있다
한 남자가 걷고 있다
구두 양말 벗어
세족장 옆 신발장에 넣고

발이 발을 보며
진지하게
맨발이 맨땅을 보며
진지하게

구리 선으로
땅에 접지하듯
발로

지구와 접신하듯

한 남자가 걷고 있다
한 여자가 걷고 있다
벌거벗은 채
바람 속을 걷고 있다

* 어싱: 땅(earth)과 현재진행형(ing)의 합성어. 맨발로 땅을 걷는 행위.

고로쇠나무 수액 혹은 피

깊은 밤
냉장고 문짝 아래 칸
초록의 페트병에 담긴
고로쇠나무의 수액

잠이 덜 깬 채 마시는
한잔
고로쇠나무의 수액
혹은 푸른 피

다시 누운 잠자리
늘어진 혈관 속을 차가운
나무의 피가 달리고
나무의 기억이 달리고

지리산 어디
뱀사골 어디
산비탈 자갈밭

허벅지에 구멍 두 개 뚫린 채

우뚝하니 메마른
한 그루 고로쇠나무
잎사귀 하나 없이
눈 덮인 그 겨울의 기억

그림자가 짧아졌다

우체국 가는 길
발 앞에 붙어 걷는
내 그림자가 문득 낯설다

너무 그늘로만 다녔을까
잊어버린 지 오래인
그림자가 낯설다

단색 단벌의 낡은 옷차림은
내 그림자가 맞나
내가 맞나

이젠 호명하기조차 어려운
애초의 몸짓과 빛깔들을
나는 잊어버렸다

시집 몇 권 부치고 돌아오는 길
잎사귀 하나 없이

그림자가 짧아졌다

쇼나 조각

구산타워 빌딩 뒷마당
복개한 사당천변 화단에 나란히 서서
쇼나 조각들이 우산도 없이 비를 맞고 있다

아프리카 짐바브웨를 떠나와
세상의 끝인 듯 먼
잿빛 서울 하늘 아래

오팔 스톤, 코발트 스톤, 레드 재스퍼 스톤
녹색, 보라색, 붉은색 원석들이
비를 맞아 번들번들 윤이 나는데

쇼나족의 여인은 앞가슴을 열어
아이에게 젖을 물리고
코끼리는 보채듯 큰 귀를 펄럭인다

검게 젖은 초콜릿 포장지를 벗겨내며
영혼의 빛깔로

되살아나는 원석들

아프리카 짐바브웨를 떠나와
잿빛 서울 하늘 아래
쇼나 조각들이 우산도 없이 비를 맞고 있다

어머니표 김밥 꽁다리

보기 좋게 나란히 썰어 놓은 김밥 줄
맨 끝에 세로로 놓인 꽁다리
삐죽이 솟은 햄이며
달걀 지단이 먹음직해 손이 먼저 가는데

음식도 제대로 된 것을 먹어야지
허드레꾼도 아니고
꽁다리에 먼저 손을 대누 쯧쯧
어머니 음성이 귓전에 들려온다

허 참 요샌 이게 더 맛있다고들 하던데
김밥을 일부러 이 꽁다리 모양으로 싸기도 한다던데
어머니도 내내 신식은 못되고
구식 양반이네유

그럼 엄니는 왜
이런 못생긴 김밥 꽁다리를
혼자만 드셨대유

우덜 도시락엔 맛없는 것만 싸주구…

일 년에 두 번
소풍 가는 날이나 싸는 어머니표 김밥은
하나라도 더 자식들 도시락에 넣어 주려고
끄트머리를 너무 바투 잘라

꽁다리는 볼품도 없고 속이 거의 비었었다

12월에 딸기

마트 매대에 수북이
플라스틱 용기에 숨 가쁘게
열여덟
도발적인 순정

12월에 딸기는
이름도 설향이란다
눈 속에 향기
더운 입김

이제는 비닐하우스
아니 스마트 팜
실내 농장 선반 위에서
배양액과 LED 빛을 머금고

야생화처럼 하얗게 꽃은 피우지만
열매는 헛열매!
볼에 흙 묻은 오월의

햇빛은 다 잊은 채

12월의 눈 속에
딸기는 향기가 숨 가쁘다

우수 무렵

입춘 지나 우수면
대동강 물도 풀리고
눈이 녹아 비나 물이 된다는데

지난밤엔 거꾸로
비가 눈으로 바뀌어
밤새 퍼붓더니

전봇대에 밧줄처럼 얽혀 있는
전깃줄 인터넷 유선방송 케이블 위에
고봉밥처럼 수북이 쌓였다

세상은 온통 하얀데
지난밤의 고요가
너무 무겁다

제2부

정선의 동작진도를 추억하며

A4 용지만 한 고운 비단 위에
겸재 정선의 동작진도
청록의 산수화 속을
맨발로 벗어나와

반포천 내려오는 샛강 어귀
물가에 늘어선 버드나무는
연둣빛 긴 머리카락
봄바람에 하늘거리며

무정세월은 잊었을까
옛날 옛적 파아란 물빛
금빛 햇살 아래 부끄럼 없이
하얀 젖가슴을 열던 백사장

버드나무 늘어선 기슭에는
바다에서 온 쌍돛배들 닻을 내리고
사공은 나룻배에 나귀를 태우고

삿대 밀어 강을 건너가는데

버드나무는 그때 그 자리
긴 머리카락 봄바람에 하늘거리며
무정세월은 잊었을까
강이 슬픔 없이 빛나던 시절

흑석강변 누치의 주검

젖은 강물이 밀어냈을까
밤새 조금씩 밀어냈을까

흑석강변 시멘트 옹벽 아래
한 평 검은 펄 위에

은빛 누치 한 마리
주검으로 누워 있다

자디잔 스티로폼 쪼가리
알록달록 빨간 과자 봉지 함께

햇빛이 누치의 젖은 몸을
핥고 있는 사이

물속에 발 잠그고 선 백로 한 마리
주검을 보초 서고 있다

물방울무늬의 기억

이촌역에서 동작역 사이
강은 흐르지 않는다
단지 물방울의 기억으로
다리를 건너는 지하철

차창에는
오래전 내린 빗방울의
흐르다 만
무늬의 기억이 있어

하얀 모래톱과 해당화
나루터와 귀가 큰 나귀
능수버들 실가지의 기억이
수직으로 매달린 채

주렴 혹은
물방울무늬 사이로
햇빛이 비치고

빛의 속도로 열차가 달린다

이촌역에서 동작역 사이
젖은 구름
베고 누워
강은 흐르지 않는다

강변 풍경

신화처럼 냇물에 발 담그고 선
수십 개 거대한 원형의 콘크리트 교각 위에
판잣집처럼 떠 있는
동작역에는

푸른 아치에 매달린
동작대교 건너 높다랗게
열차가 건너가고
열차가 건너오고

차창 너머 레고 인형처럼 앉은
사람들이 흔들리며 지나가는 사이
까치는 강가 미루나무에
단단히 집을 묶어 놓았다

바람 자는 날보다는
바람 부는 날이 더 많은 강변에는
오늘도 북서풍이 밀어 온 물결만

콘크리트 호안 가득 춤추듯 넘실거리고

꽃길 오르는 잉어

동작역 떠받치고 서 있는
거대한 원형의 콘크리트 기둥을 지나
반포천 샛강
물길을 거슬러
잉어가 올라가고 있다

높다란 뚝방 길에
수양버들은 연둣빛 실가지
봄바람에 하늘대고
벚꽃나무는 열 지어
꽃우산 펼쳤는데

발목 잠기는 샛강
흐릿한 물길을
팔뚝만 한 잉어들이 올라가고 있다
요란하게 물방울 튀기며
장난도 치고 연애도 하며

청춘의 잉어들이 올라간다
꽃길을 거슬러
콘크리트 보를 기어서 올라간다
꽃잎은 벌써 시나브로
떠내려오는데

청둥오리의 사랑법

지금은
남의 나라
먼 전설처럼 되어버린

사일구혁명기념일
고비사막 황사가 한반도 상공을 배회하며
미세 먼지 농도 짙은 날

청둥오리 한 쌍이
반포천 샛강 오르내리며
번갈아 흐린 물속에 머리를 집어넣고

공중에 노란 발 허우적대며
물구나무서서
자맥질하다

한낮
일상의 기울어진 바윗돌 위에

나란히 앉아 까무룩 졸고 있다

초록의 풀밭에
박태기나무 붉은 꽃
물그림자 위에 환한 날

물닭 멍때리기

일상의 거리에서
길을 잃었을 때
높다랗게 늘어선 빌딩 머리 위로
눈 덮인 산맥이 그리워질 때

강으로 가자
거기 흐린 물에 동동 떠서
미끄러지듯 헤엄치며 놀고 있는
물닭을 보러 가자

까맣고 동그란 몸을 공처럼
흔들리는 물결에 내맡기고
배고프면 물처럼 깊어져서
머리 박고 자맥질하는

물닭을 보러 가자
하얀 부리 하얀 이마로
무의미의 바다에 몸 맡기고

아이처럼 헤엄치며 놀고 있는

까맣고 동그란 새
스스로가 고독인 줄도 모르면서
매일 젖은 산맥을 오르고 있는
물닭을 보러 가자

물닭은 뜸부기가 그립다

백석 시인이 물닭이라 불렀던
뜸부기는
한번 가서는
다시 돌아오지 않는데

서래섬 물가에서 혼자 놀고 있는
물닭은
봄이 되어도
돌아갈 줄 모른다

올림픽대로 달리는 차들
곁에서
신반포 우뚝 솟은 고층아파트 곁에서
길을 잊었을까

적막강산에
적막강산에

물닭은
돌아오지 않는 새
뜸부기가 그립다

겨울 참새

이제는 아무런 은혜도
원한도 없는 사이
같은 하늘 아래
같은 강물을 마시며 사는데

바람 타는 갈대 줄기에
호르르 날아와
쪼르르 옆으로 붙어 앉았다가
그림자에 놀라 날아오르고

마른 덤불 속으로 수십 마리가
빨려들 듯 숨었다가
그림자 살며시 다가가면
팝콘처럼 튀어나와 허공으로 흩어진다

이 겨울 강변에
지켜야 할 벼 이삭은 나도 없고
쪼아먹을 수수 이삭은

저도 없고

같은 하늘 아래
같은 강물을 마시며 사는데
나는 다가가고
저는 도망간다

한낮의 그림자놀이에
햇빛만 쨍 눈부시다

맨땅에 헤딩할 뻔한 꽃

강변 옛 마을의 흔적을 찾는다고
구두 신고
비탈을 오르다가
그만 미끄러지며
맨땅에 헤딩할 뻔했는데

그때 엎드린 채 눈앞에서 마주친 꽃
봄보다도 먼저
부러진 나뭇가지 사이
옹기종기 새끼손톱만큼 작은
하늘색 꽃

컴퓨터에서 찾아낸 이름은 두 개
하나는 큰개불알꽃
다른 하나는
개불알이 상스럽다 하여
새로 지어 붙인 큰봄까치꽃

그러나 나는 지금도

그 이름 모르는 채

그냥 맨땅에 헤딩할 뻔한 꽃

잠자리는 날개를 접지 못한다

어제는 폭염
오늘은 폭우

새벽부터 쏟아지기 시작한 비는
한낮이 되어도
조금도 지치지 않고
억수로 퍼붓는데

잠자리는
어디로 대피했을까

어디 나뭇잎 밑
아니
어디 꽃송이 밑
아니

동작대교 우람한 무쇠 다리 밑
어디

거꾸로 매달려

잠자리는 무사할까
접지도 못하는 날개
등에 지고

어제는 폭염
오늘은 폭우
세상의 끝까지 비 내린다

풀밭을 걷는 미녀

관람차 전용 아스팔트 길 따라
축구장같이 널따란 풀밭을
한 여인이 맨발로 걷고 있다
선글라스 끼고 꽃 양산 받쳐 든 채
사뿐사뿐 패션모델 워킹으로

한낮 햇빛이 환등처럼 돌아가고
타클라마칸 사막 말라붙은 강바닥 위를
한 여인이 걸어오고 있다
새의 깃털 꽂은 하얀 펠트 모자 쓰고
노란 소가죽 부츠 신고

사천 년 전 소하의 미녀 미라
하얀 피부 붉은 머리카락에
속눈썹이 긴 코카서스 미인이 걸어오고 있다
가슴엔 가득 마황 가지 안고
팔엔 밀 씨앗이 담긴 풀잎 바구니 걸친 채

잃어버린 왕국 누란에서도
더 서쪽
누란의 시대에서도 천년은
더 서쪽 소하묘
모래 속으로 사라진 오아시스 문명

모래에 거꾸로 박힌 카누 속을 걸어 나와
소하의 미녀 미라가
사천 년 전 사막을 가로질러
한강의 푸른 풀밭 위를 걸어오고 있다
사뿐사뿐 패션모델 워킹으로

타클라마칸 사막의 호양나무

생긴 것은 볼품없지만
푸른 잎 달고 살아서 천년
죽어서 쓰러지지 않고 천년
쓰러져서도 썩지 않고 천년을 산다는 호양나무

톈산산맥에 내린 비가 모여
모래밭을 흐르다 사라지는 타림하
물줄기 닿는 어디건 사막이면
뿌리 내리고 오아시스가 되는 나무

그러나 강물이 길을 바꾸고
호수도 방황하다 사라지면
새들은 바람 속으로 흩어지고
홀로 사막의 고독이 되는 나무

들어가면 나올 수 없다는
죽음의 바다 타클라마칸
하얗게 마른 물줄기 움켜쥐고

불멸의 영토를 지키는 나무

타클라마칸 사막의 호양나무로 가고 싶다
밤이면 별 사이로 길이 되어 눕고
푸른 바다 건너는 낙타의
방울 소리 꿈꾸는

조팝나무는 꽃향기가 좋다

작고 작은 하얀 꽃이
백만 송이 더 되게
가지가 휘도록 달려

살랑이는 봄바람에
꽃가지가 너울너울
꽃향기가 너울너울

강으로 가는 길가
버려진 밭두둑에
아무렇게나 무리 지어

아무렇게나 봄을 타는 조팝나무는
백만 송이 장미보다
꽃향기가 좋다

제3부

수련이 있는 풍경

푸른 하늘에 흰 구름 떠가고
문양 박힌 옛 왕조의 기와 담장 앞
사각의 연못에
하얀 수련꽃이 피어 있다

박물관 전시동 뒤뜰
에스컬레이터 타고 내려가는
7월의 정원에는
녹음의 고요 속을 매미가 울고

돌 축대 위에 둘러선
배롱나무 그늘 아래
수련꽃이 햇빛 속에 앉아
경전을 읽고 있다

소리 없이 물 위를 밟고 오는
녹색의 둥근 발자국들
헐거워진

시간의 사슬을 풀고

수련은 맨 밑바닥
고요의 뿌리 위에 앉아
천년의 진언을
손바닥으로 열어 보이고 있다

슴베찌르개

하얀 벽면
희미한 그림자 사내 하나가
슴베찌르개를 두 손으로 움켜쥐고
허공을 찌르고 있다

버들잎같이
길고 납작한 돌날들이
나란히 벽에 붙어 빛나고

슴베를 박고
짐승 힘줄로 동여맨
마른 나무막대기 하나가
몇 겹 지층을 뚫고 날아와
두리번거리며

잃어버린
어린 사슴의
눈망울을 찾고 있다

피카소가 그린 쏘가리
―계룡산 철화 분청자

15세기 조선의 도공 피카소가
계룡산 동학동 자기소 통나무 의자에 앉아
미나리 넣은 쏘가리 매운탕 한 그릇에
막걸리 한 사발 들이켜고

귀얄로 하얗게 분칠한 술병에
진갈색 단색으로 한 붓에 그려낸
공주 금강 쏘가리는
길고 큰 입에 눈을 홉뜨고

지느러미는 돛처럼 활짝 펼친 채
하늘을 나는데
등에는 모란꽃 두 송이
활짝 피었다

피카소는 금세 심심해져 붓은 내던진 채
자기소 초막에
배꼽 내놓고 드르렁드르렁

잠이 들었는데

계룡산 솔바람이
연 줄기 입에 문 점박이 쏘가리를
하늘 높이 몰고 다니다가
슬그머니 살강 위에 내려놓고 가버렸다

주먹도끼의 추억 1

처음에는 아무렇게나 생긴 돌멩이였다가
돌로 내리쳐 양날을 만들고
뭉툭한 자연면을 손으로 움켜쥐면서
돌은 도끼가 되었다

사슴을 잡아 찢고 자르고
골수를 내리치던
나무뿌리를 캐고 찍던
두툼하면서도 날랜 기억

박물관 어둠 속에서 처음 만나는
구석기시대 전곡리 주먹도끼는
아크릴 받침대에 사뿐히 올라앉아
차가운 불빛 가르며

아직도 따뜻한 피
손가락 사이로 흐르는 듯
입은 앙다문 채

두툼하면서도 날랜 기억

주먹도끼의 추억 2

박물관 선사실 한가운데
한반도 지도 위에
수십 개 아슐리안형
주먹도끼가 꽂혀 있다

자연 시대와 역사 시대의
경계에
누운 지도
말라붙은 강가에

당대의 하이테크
최첨단 맥가이버 칼
혹은 핸드폰
수십 개가

천장을 향해 꽂혀 있다

십만 년 전 떠난

발신음이 이제야 잡히는 듯
여기저기 귀를 곧추세운
안테나 수십 개

동삼동 패총 조가비 탈

이촌역에서 박물관 가는 나들길
무빙워크 자동길이 하루 종일
컨베이어벨트같이 움직이며
사람을 실어 나르는
끝 어디

출입문을 밀면
다시 에스컬레이터 자동계단이
사람을 지상으로 밀어 올리는
끝 어디
대리석 광장이 눈부시게 펼쳐지고

거기 어디
세상의 중심에 팽나무 한 그루
거기 어디
검게 마른 가지 끝에
하얀 조가비 탈이 걸려 있다

부챗살 같은 가리비 조개껍데기에
두 눈과 입 하나
구멍 세 개 뚫어 놓은
육천 년 전
손바닥만 한 사람의 얼굴이

거기 어디
낮달처럼 걸려 있다

흐린 날 나는 메소포타미아로 간다

일상의 문장
콤마와 콤마 사이
푸른색 벽돌로 지어진
바빌론의 이슈타르 문을 지나
흐린 날 나는 메소포타미아로 간다

티그리스강과 유프라테스강 사이
비옥한 초승달 지대
우루크의 신전에서
양조업자 쿠심에게 발행한
손바닥보다 작은 점토판

갈대 줄기를 뾰족하게 깎아
쐐기 문자로 쓴 회계 장부
맥주를 만드는 쿠심에게
맥아와 보리를 빌려주고 그 양을 기록한
점토판 영수증 손에 쥐고

흐린 날 나는 메소포타미아로 간다
지하철 타고 4호선 이촌(국립중앙박물관)역에서
오천 년 된 나귀 빌려 타고
갈대로 지붕을 엮은 쿠심의 양조장에
맥주 한잔 얻어 마시러 간다

점토판에 갈대 줄기로 새겨 넣은
쐐기 문자의 오랜
기억을 찾아서

빗살무늬토기

사유의 방에 가기 전에
그릇이 있다
따뜻한 도토리죽을 담던
조밥을 담고 조개탕을 끓이던
그릇이 있다

사유의 방
왼쪽 무릎 위에 오른쪽 다리를 얹고
오른쪽 손가락을 살짝 뺨에 대고 앉아 있는
금동의 반가사유상
앞에 서기 전에

흙으로 만든 그릇이 있다
붉은 찰흙을
맨손으로 빚어 말리고
불구덩이에 던져 구워 낸
그릇이 있다

작은 모닥불이 타오르고
불가에 둘러앉아 조밥을 긁어 먹는
아이와 아낙이 있다
0기가바이트의
추억이 있다

토우장식 장경호

무덤 속에서나
무덤 밖에서나

5세기 때나
21세기 때나

흙으로 빚은 인형들이
긴 목 항아리에 달라붙어

뱀은 개구리의 뒷다리를 물고
여자는 현악기를 연주하고
엎드려 엉덩이를 벌린 여인 앞에서
사내는 고추를 방망이처럼 곤두세우고

세상 이쪽에서나
세상 저쪽에서나

뱀은 개구리의 뒷다리를 물고

여자는 현악기를 연주하고
엎드려 엉덩이를 벌린 여인 앞에서
사내는 고추를 방망이처럼 곤두세우고

반가사유상의 뒷모습

반가사유상의 뒷모습에
미소는 없다
입꼬리에 슬며시 올라붙은

감은 듯 가는 눈에
아롱진 별빛도 없다
가는 허리에 골진 등판

거기 빈 들녘에
원추리꽃 한 송이
볼 비비며 피어 있다

칠층석탑과 진달래꽃

어제는 천년 저쪽에서
봄비 오더니

오늘은 천년 이쪽에서
진달래꽃 피었다

남계원지 칠층석탑 뒤쪽에
다소곳이 선
연분홍빛 진달래꽃은

개성에서 천년
밤길 걷고 걸어서
오늘 아침에야 도착했다

박물관 뜨락
거울못 마주하고 선 돌탑에
햇살 여린 연분홍빛 꽃이 피었다

불두 혹은 낙화

곱슬머리에 왼쪽 귀가 없는
장마당 만두 가게 아저씨 같은
10세기 고려 철제 불두는
뜬 듯 감은 듯
일자로 붙은 기다란 눈으로

비 오는 날 우리 동네
참외 8개에 오천 원
토마토 10개에 오천 원
청춘청과상회 북적대는
토란 잎 같은 우산들을 지나

골목 안 한우 고깃집
지붕까지 타고 올라간 능소화가
배수구 주변에 떨군 붉은 낙화를
젖은 발로
물끄러미 바라보고 있다

오종종히
엎어지고 잦혀지고
어떤 놈은
배수구 철망에 꽂힌 채
나팔을 불고 있는

비 오는 날의 붉은 낙화를
젖은 발로
물끄러미 바라보고 있다

물가 풍경 무늬 청자 주전자

푸른 하늘 푸른 땅
거기 검은 흙 흰 흙
상감을 오가며

물가 수양버들은 춤추고
오리 두 마리
물을 깔고 앉아 놀고 있는

물가 풍경 무늬
청자 주전자를 보면
뜬금없이 문배술이 생각나

좁쌀 누룩을 수수밥과 섞어 빚은
그 술을 다시 증류해
배 향기 나는 소주

청자 주전자에 따라 한잔 목을 넘기면
푸른 물가에 앉아

마음은 천리 떠도는 구름

강산무진도에 눈은 내리고

대설주의보 내려진 날
박물관 2층 서화실
진열장 안 비스듬히

다섯 폭 비단 위에
길게 발 뻗고 누운
강산무진도 위에도 눈은 내려

강 위에
산 위에
하늘 위에

언덕 위에
바위 위에
소나무 위에

절벽 위에
폭포 위에

잔도 위에

강 위에
배 위에
다리 위에

마을 위에
시장 위에
성곽 위에

집 위에
탑 위에
누각 위에

도르래 위에
물레방아 위에
수레바퀴 위에

나귀와
나귀의 긴 귀 위에
말 위에

짐 나르는 사람들 위에
장사하는 사람들 위에
길 떠나는 사람들 위에

천 리에
만 리에
무진무진 강산에

번화한 마을들과
길 위에
꿈꾸는 태평성세에

눈은 내려
두루마리 길게 펼친 채

포구 마을은 안개 속에 잠겨가고

보이지 않는 멀리
바다 쪽에서는
눈구름이 계속해서 일어서고

개쑥부쟁이의 노래

역사는 몰라요
사상도 없어요
국립중앙박물관 앞 뜨락
엘리베이터 옆 화단 귀퉁이

어 네가 왜 거기 있니?
묻지 마세요
가을바람에 외로운
개쑥부쟁이에요

기교도 없어요
꾸밀 줄도 몰라요
그냥 한 뼘 땅이라도 있으면
아무 데나 뿌리박고

가녀린 가지 끝
엉성한 연보랏빛 꽃송이
흔들리며 흔들리며

또 한세상 꿈꾸는

개쑥부쟁이에요
가을바람에 외로운
이름 없는
꽃이랍니다

백모란

분청사기 모란무늬
항아리를 빠져나와
박물관 뜨락

종각을 둘러친 돌담장 곁
사월의 녹음 속에
백모란꽃이 흐드러지게 피었다

하얀 꽃잎 속에 노란 수술
속에 루비 같은
빨간 입술 감추고

천년을 가슴에 묻어 둔
향기 글썽이며
지금 백모란꽃이 피었다

제4부

이수역 가는 길

방배동 고개 넘어
이수역 가는 길

느티나무 가로수 밑
도장나무 밑

땅에 납작 엎드려
겨울을 난 민들레

햇빛보다도 노란
수레바퀴 꽃을 피웠다

도장나무 길 따라
징검징검

바람의 형제들
고개 넘어 가는 길

신성한 숲 이야기

월출산 서쪽 자락에 위치한
영암 구림 마을은
신라 때부터 명촌으로 이름이 높았다

속설에 성기동에 사는 최 씨 처녀가
구시 바위에서 빨래를 하고 있었는데
한 자가 넘는 푸른 오이가 물에 떠내려왔다
이를 기이하게 여겨 먹었는데
그 후 태기를 느껴 아들을 낳았다
그러나 사람의 도리가 아니라 하여 대숲에 버렸더니
비둘기가 날아와 날개로 덮어주었다
그래 다시 데려와 길렀는데
자라자 머리를 깎고 중이 되었다
이름을 두서이라 하였다
산을 답사하고 물을 보는 데 신령스러움이 많았다
이후 마을에서는 비둘기들이 숲속에서 아이를 길렀다 하여
구림鳩林이라 부르게 되었다

김알지가 태어난 경주 계림도
원래 이름은 구림이었으니
닭이나 비둘기나 모두 숲에 복무했다

오늘도 푸른 오이는 무슨 짓을 할지 모른다
비둘기는 낮게 하늘을 선회하고
숲은 짙은 안개에 잠겨 있다

고향 땅 억새풀

필부에게나 영웅에게나 고향은
꿈속의 집 같은 곳
이성계가 태어난 곳은
함경도 영흥의 흑석리였다

흑석산이 있는 흑석리 사저를 두고
정조는 용이 날아오를 형상을 갖추었고
하늘은 제왕의 고향으로 점지하였다고 했다

함경도 영흥은 천리장성이 세워진 북방
이성계는 조선의 국호를 정할 때
영흥의 옛 이름 화령和寧을 국호로까지 생각했었다

이복동생들을 죽이고 태종이 즉위하자
이성계는 서울을 떠나 고향인 함흥으로 돌아갔다
함흥은 그가 자라나고 살던 잠저가 있었다
2대 정종과 3대 태종도 이곳에서 태어났다

태조는 창덕궁 별전에서 74세로 죽었는데
구리시 동구릉에 있는 건원릉에 묻혔다
그의 유명에 따라
고향 땅 함흥의 억새풀을 옮겨와 무덤을 만들었다
조선의 왕릉 중에 유일하게 잔디가 아닌 억새풀로 덮인
것이다

남효온이라는 사람

세조가 죽은 지 얼마 안 되고
아직 정난공신들의 서슬이 푸른 세상에
세조가 찢어 죽인 사육신의 행적을 담은
〈육신전〉을 처음으로 썼던 남효온은

평생 벼슬은 단념하고
고양 땅 행주나루에 은거하여
방외인의 삶을 살았는데

간혹 무악에 올라가 통곡하고 돌아왔다
몸소 행주에서 농사지었다
겨를이 있으면 도롱이를 쓰고 낚싯대를 잡고서
남포에서 고기 잡았고
혹은 둔한 나귀를 채찍질하여 압도를 찾아
갈대꽃을 태워서 물고기와 게를 굽고
운자를 내어 시를 짓다가
밤을 새운 뒤에 돌아왔다고
추강집 시장에 적었다

살구나무 물가의 뜻인 행주는
살구나무가 많았던 곳이라 붙여진 이름
남효온은 차고 맑은 가을 강을 뜻하는
추강이라는 호 외에도
행우杏雨라는 호를 썼는데
봄날 살구 꽃잎이 비처럼 내리는
아름다운 세상을 꿈꾸기도 했다

구리로 만든 참새

구리로 만든 참새 동작銅雀은
조조가 업군의 서북쪽에 지은 누대의 이름인데
구리로 만든 참새로 지붕 위를 장식했다

삼국을 통일한 문무대왕은 죽을 때 남긴 조서에서
위나라 임금의 서릉 망루는
단지 동작이라는 이름만을 들을 수 있을 뿐이다
영웅도 마침내 한 무더기의 흙이 되면
나무꾼과 목동은 그 위에서 노래를 부르고
여우와 토끼는 그 옆에 굴을 판다고 했다

서울시 동작구 동작동은 조선왕조실록에는
임진왜란 무렵부터 동작銅雀이라는 한자어로 쓰이는데
선조는 명나라 장수 양효와 함께
동작강을 건너 산 능선으로 올라가 지형을 살피기도
하고
동작강 백사장에서 명군의 진법 연습을 관람했다

그러나 임진왜란 전부터 동작은 동적洞赤이라 썼는데
동적의 동洞은 골 동 자로
동적은 골적 곧 우리말 골짜기를 이두식으로 쓴 것이다
조선 최고의 지리학자라 할 수 있는 김정호도
수선전도에서 동작을 동작동洞雀洞으로 표기했는데
앞의 ‘동’은 골 동, 뒤의 ‘동’은 마을 동으로
‘골짜기 마을’을 있는 그대로 쓴 것이다

노들강변 새남터

한양성 밖 남쪽 십 리
노들강변에 있던 새남터는
낙락한 장송 하나 없이
억새 무성한 모래벌판이었다

병오박해 때 최초의 한국인 신부였던 김대건은
현 광화문 우체국에 있던 우포도청에서
3개월 동안 국문을 받고 사형을 언도받은 뒤
서소문 밖 네거리를 거쳐 당고개를 지나
새남터에 이르러 군문효수되었다
1846년 9월 16일 일이다

한자로는 노량사장으로 불렸던 새남터는
오래도록 훈련도감과 어영청이
군사 훈련장으로 이용되다가
언젠가부터 중죄인의 처형 장소로도 쓰인 것인데

새남터는 말 그대로

새남이 많이 자라는 땅
새남은 새나무
억새를 가리킨다

지금은 피 묻은 억새밭 위를
KTX가 달리고 전철이 달리고
높다란 아파트 숲을 배경으로
한옥 기와집 성당이 하나 서 있다

빼앗긴 땅이름 둔지미

강으로 가는 들길이 구불구불하고
보리밭 두둑이 높았다 낮아지는 땅
언덕에 기대어 띠집 짓고
대를 물려 살던 땅

둔지미(산)는 평지 가운데 둥글게 솟은
작은 산을 부르던 이름

그러나 어느 날부터 외국 군대의 땅이 되어
병영을 짓고 위수 감옥을 짓고
용산으로 드래곤 힐로 바꾸어 부르더니

대통령실이 옮겨오고 일부 반환 받는 땅에
센트럴파크 같은 공원을 조성한다고 하면서도
여전히 이름은 용산이다

한번 바뀐 땅이름 용산*은
용 이름이 그럴듯해

위세 당당하게 대를 물리고

필부의 땅이름 둔지미는
쫓겨난 사람들과 함께
빼앗긴 땅이름이 되고 말았다

* 원래 용산은 남산이 아닌 인왕산의 산줄기가 남쪽으로 만리재, 효창공원을 지나 한강에
  입수하는 곳에 있는 작은 산의 이름임.

밥전거리 국밥 한 그릇

소머리국밥 돼지국밥 장국밥
콩나물국밥 시래기국밥
애초 국밥은 별 반찬 없이
간편하게 한 끼 때울 수 있는
우리네 패스트푸드

삼각지 부근에 있던 밥전거리는
한양에서 삼남을 오가던 나그네들
막걸리 한 사발에 뜨끈한 국밥 한 그릇으로 속 채우던
밥집들이 모여 있던 거리
암행어사 이몽룡도 거쳐 갔던 길

삼각지 밥전거리에서 이촌동 모래톱으로
곧장 질러갔던 옛길은
벌써부터 일본군 미군 부대에 가로막혔다가
이제 다시 용산 시대 대통령실에 막혀
도로 없던 길이 되어버렸는데

옛길 찾던 나그네들
하릴없이 용산역 앞으로 한참을 돌아가면서
막걸리 한 사발에
뜨끈한 국밥 한 그릇
강도당한 기분이라고 투덜댄다

물빛이 하늘에 이어진 수색

서울 은평구 서남쪽에 수색동은
한강에 접해 있던 지역이 상암동으로 편입되면서
지금은 내륙의 땅이 되었지만
본래는 한강 하류 강변 마을로서
물과 인연이 깊었던 땅

실학의 선구자로서 〈동국지리지〉를 지은
조선 중기의 학자 한백겸은
말년에 이곳에 은거하다 죽었는데
그의 마을 사랑은 각별했다
'물이촌구암기'라는 글의 물이촌도 수촌이라는 뜻인데

여름과 가을이 교차할 때마다 장맛비로 물이 크게 불면
두 강이 합쳐져 바다처럼 넓이지고
물빛이 하늘에 이어지는데*
마을 이름이 아마도 이 때문인 듯하다고 썼다

물빛이 하늘에 이어지면

물빛도 파란빛
하늘빛도 파란빛
온 세상이 파란빛

수색은
물빛이 하늘에 이어진 아름다운 마을이었다

신사동 모랫말 사평

조선 후기에 다산 정약용은
17년 귀양살이 떠나는
마지막 밤을 처자와 함께
사평촌에서 묵고
새벽에 유배 길에 올랐는데

그때 쓴 「사평별」이라는 시에서
사평촌은 한강 남쪽에 있다고 부기했다

옷소매 떨치고 길을 나서서
멀리멀리 물 건너고 언덕을 넘어가니
얼굴빛이야 안 그런 척해 보지만
가슴속 외로움이 사무쳐라

강남구 신사동은 고려 때부터
사평나루로 이름이 났던 곳
신사동은 새말을 뜻하는 신촌과
모랫말을 뜻하는 사평의 앞 글자를 합친 이름

교통의 요지여서 사평장으로도 이름이 높았었는데
지금은 지하철 9호선에 사평역과
반포동 이수교차로에서 서초동 교보타워까지 잇는
왕복 6차선 도로 사평대로에 그 이름을 남기고 있다

비 내리는 왕십리

평안도 사나이 김소월은 백여 년 전
배재고보에 편입해 서울살이할 때
경성 변두리 왕십리에 하숙하면서
가도 가도 왕십리 비가 온다고 노래했는데

〈59년 왕십리〉를 노래한 콧수염 가수는
왕십리 밤거리에 구슬프게 비가 내리면
눈물을 삼키려 술을 마신다 옛사랑을 마신다며
변두리 왕십리의 비애를 노래했다

무학대사가 이곳에서 십 리를 더 가서
경복궁 터를 잡았다는 왕십리는
본래 이름은 왕심평
가서 살펴본 들판이라는 뜻
새 도읍지가 될 뻔했던 땅

도읍지는 왕심리벌에서 서쪽으로 십 리를 더 들어가
인왕산 아래 자리 잡았지만

왕심리벌은 조선 시대 내내 성저십리로
도성 사람들의 똥오줌으로 무 배추 길러
도성 사람들을 먹여 살렸던 땅

도읍지가 될 뻔했던 땅에서
미나리꽝으로
영세 공장 지대로
곱창거리를 거쳐 뉴타운 재개발에 이르는
땅의 스펙트럼을 왕십리는 가졌다

백제 왕들의 공동묘지

천칠백여 년 전
부여 씨 성을 가진 백제 왕들의
돌무지무덤이 있던 땅에

사람들은 돌무지 사이로
혹은 돌무지 위에
초가집 짓고 박 넝쿨 올리며 살았는데

백제 왕들의 공동묘지
무너지고 흩어진 돌들이 많아
돌마리 석촌이라 부르던 마을

이제 땅 밑으로는 백제고분로 지하차도와
서울지하철 9호선이 층을 이루며 지나가고
땅 위에는 100층이 넘는 롯데타워가 우뚝한

돌마리는 오늘도 분주한데
3호분의 주인 근초고왕은

어디로 출타하셨을까

평양성에 가셨을까
바다 건너 일본 땅에 가셨을까
이제는 외딴섬처럼 남은
백제 왕들의 공동묘지가 고적하다

바람드리 풍납토성

바람은 벽의 옛말
드리는 들의 옛말
바람드리는 벽이 있는 들
토성이 있는 마을

천오백 년 전에는
오백 년 동안을
백제의 이름으로 깃발 날리던
왕조의 도성이었다

이성계보다도 먼저
온조가 처음 도읍을 세운
한강 남쪽의 위례성이
바루 이 땅

그러나 고구려 장수왕의 남진으로 개로왕이 죽고
도읍을 남쪽 공주로 옮겨가면서
성은 폐허가 되어 오래도록

바람만이 들어차게 되었다

그 빈 땅에 사람들 다시 들어와
무너진 토성에 등 기대고 살았는데
언제부터인가 땅이름도
토성 마을 바람드리가 된 것이다

청라는 파란섬

밀물 때는
푸른 수평선 끝에 앉았다가
썰물 때는
까마득한 갯벌의 끝에 올라앉던 섬들
드넓은 갯벌에서 사람들은
게나 조개를 잡고 살았는데

청라도는 갯벌의 서쪽 끝에 있던 섬
푸를 청 자에 넝쿨 라蘿 자를 쓰는
청라도의 본래 이름은 파렴
염(렴)은 섬을 뜻하고 파렴은 파란섬
유난히 넝쿨 숲이 무성해 붙여진 이름

파렴 파라섬 청라도
노렴 노루섬 장도
밤염 밤섬 율도
이제는 모두
지도에서도 사라진 이름들

경제자유구역 청라국제도시
아파트와 빌딩 숲 너머
이제는 지워진 수평선 끝자락
사라진 섬들이 아련하다
이름이 아련하다

평양을 부루나로 부른다면

평양을 부루나로 부른다면
비행기는 어디 멀리 시베리아로 날아갔다가
거꾸로 남태평양 어디로 날아갈까

평양을 부루나로 부른다면
평양이 우리 땅이 아닌 곳이 될까
우리나라가 아닌 곳이 될까

대동강을 낀 넓은 벌판
평양은 평평할 평 자에 흙 양 자
우리말로는 부루나, 벌나

지금 누구는 연방제를 지나
두 국가론을 말하고
누구는 이를 반민족적이라고 말하지만

평양은 누가 불러도 부루나
울도 담도 없는

평평한 땅

긴 강을 굽어보고 멀리 광야에 임하였다

검은모루 동굴 사람들

애초에 고구려 땅도 아니고
고조선 땅도 아니고
한반도도 없고
나라도 없던 까마득한 옛날에

한 무리의 사람들 검은모루 동굴에 살면서
주먹도끼 모양의 석기 나부랭이와
큰쌍코뿔소 코끼리 원숭이 뼈 같은 동물 화석을 남겼는데
그것들이 백만 년 전 구석기 유물이라고 한다

그러나 바람 같은 백만 년이어서
검은모루 동굴에 살았던 사람들이 누구이고
어디서 와서 어디로 간 것인지에 대해서는
아무도 모른다

평양시 상원군 흑우리는 검을 흑에 모퉁이 우 자로
검은모루(모퉁이)라 부르는데
동굴이 시커멓게 입 벌린

언덕의 바위 색깔이 검다고 해서 붙여진 이름

까마득한 옛날
호모사피엔스도 아니고 그렇다고 원숭이도 아닌
어떤 사람들이 그 동굴에 와서
바람처럼 살다가 바람처럼 가버린 것이다

안녕 모란 씨

길 위에 있다는 생각을 가끔 한다. 잠자리에 누워서도 열차를 타고 끝없이 가고 있는 기분이 들 때가 있다. 어디론가 천천히 흔들리며 가고 있는 느낌. 길 위에 있는 느낌. 밑도 없고 끝도 없는 허공의 길.

그것은 반포 한강공원 강변길을 지치도록 걷고 나서 집으로 돌아올 때도 마찬가지다. 거대한 콘크리트 기둥 위에 다락처럼 높다랗게 올라앉은 동작역사. 계단을 오르고 올라 마지막 승강장 나무 벤치 위에 널브러지듯 앉아 열차를 기다릴 때도 나는 계속 어디론가로 가고 있는 것이다. 이윽고 열차가 도착하고 사람들이 차에 올라타고 이윽고 열차가 출발하고, 그렇게 몇 번을 열차가 도착하고 떠나는데도 나는 나무 벤치에 앉아 꼼짝을 않으면서 계속 가고 있는 것이다.

그때 승강장 위 아크릴 천장 길게 터진 틈으로 햇빛이 비치고, 어떤 날은 비가 오고 어떤 날은 눈발이 날아드는 것을 보았다. 그리고 그제서야 알아챘다. 동작역은 지하가 아니라 지상에 있다는 것을. 땅속이 아니라 땅 위에 있다는 것을. 그것도 바닥이 아닌 허공에 있다는 것을. 내가 길 위에 있다는 실감은 열차를 타고 동작대교를 건널 때도 마찬가지였다. 좌우로 펼쳐지는 탁 트인 전망이 그런 실감을 더해 주었다. 멀리 여의도 쪽이나 반대편 잠실 쪽 빌딩과 고층 아파트들이 강물 따라 레고처럼 도열해 있는 풍경 속을 나는 흔들리며 떠서 가고 있는 것이다.

동작대교를 건너면 열차는 서서히 땅속으로 들어가고 이윽고 이촌역에 닿는다. 지하 개찰구를 빠져나와 이촌역과 국립중앙박물관을 연결하는 지하보도 무빙워크에 두 발을 올려놓으면 나는 걷지 않아도 가고 있다. 마치 목포에서 제주까지 바다 건너가던 큰 여객선을 탄 기분이다. 천천히 대양 위를 떠가는 기분. 그러다 에스컬레이터 타고 올라 중앙박물관 광장에 서면 이제는 거꾸로 가는 시간 속을 가게 된다. 수만 년 혹은 수천 년 전부터 지금을 향해 오고 있는 아니 지금을 향해 가고 있는 시간의 발자국을 따라 나도 걸어간다

그 지점에서 생태 문제 역시 본질의 문제라는 것을 감지하게 된다. 생태 문제도 전 지구적인 자연과 문명의 문제에 닿아 있고, 전 역사적인 시간과 진화의 문제에 닿아 있다는 것을 어렴풋이 느끼게 된다. 끝내는 흙의 문제이고 쇠의

문제이고, 빛깔의 문제이고 향기의 문제이고, 시간 속에 이것들이 따로 떨어져 있는 것이 아니라 한 몸같이 연결되어 있고, 인간 또한 그 시간의 끝을 지금 외롭게 걸어가고 있다는 것을.

전부 62편의 시로 열한 번째 시집을 엮는다. 평론가의 해설 대신 졸고로 발문을 대신한 것도 이번 시집으로 네 번째이다. 그리고 4부에 지명地名 시를 배치한 것도 같다. 우리말 지명 역시 땅의 역사와 함께 생태적인 본질을 함축하고 있다고 생각하기 때문이다. 부 나눔은 1부는 일상생활, 2부는 강변 풍경, 3부는 박물관 구경, 4부는 지명 시로 갈라놓았다. 내 느낌으로 대충 구분해 본 것이다. 모자란 시와 글에 대해 너그러운 이해와 감상을 부탁한다.

첫 번째 이야기 — 안녕 모란 씨

꽃의 본질은 무엇일까. 색일까 향일까. 아니면 자태일까. 때時도 있을 것 같다. 국화같이 다른 꽃들 열매 맺는 가을에 피는 꽃도 있고, 달맞이꽃같이 달 뜨는 밤에 피는 꽃도 있다. 그러나 눈 내리는 겨울이면 이 모든 것은 사라지고 없다. 꽃에도 제 몸에 맞는 시계가 있는 것이다.

김춘수 시인은 「꽃」이란 시에서 '내가 그의 이름을 불러 주기 전에는 / 그는 다만 / 하나의 몸짓에 지나지 않았다'고 했다. 그러면서 '내가 그의 이름을 불러 준 것처럼 / 나의

이 빛깔과 향기에 알맞은 / 누가 나의 이름을 불러 다오'라고
했다. 그에게로 가서 나도 그의 꽃이 되고 싶다면서…. 이름 이전에 꽃은 하나의 몸짓이었다.

셰익스피어는 『로미오와 줄리엣』이라는 희곡 작품에서 아리따운 아가씨 줄리엣의 입을 통해, "이름이 뭐가 중요할까? 어떤 이름으로 불리더라도 장미는 똑같이 향기롭다 What's in a name? That which we call a rose by any other name would smell as sweet"라는 대사를 남겼다. 원수 집안인 몬태규 가문이 아니어도, 그대는 그대일 뿐. 로미오 역시 로미오라 불리지 않더라도 본래의 그대는 그대일 뿐. 로미오, 그대의 이름을 버리세요. 그대의 몸과는 아무 상관 없는 그 이름 대신에 이 몸을 고스란히 가지세요…. 장미는 그냥 이름일 뿐 본질은 달콤한 향기라고 독백했다.

선덕여대왕 덕만은 당태종이 홍색·자색·백색의 세 가지 색으로 그린 모란꽃 그림과 그 씨 석 되를 보내왔을 때, 그림의 꽃을 보고 "이 꽃은 향기가 없을 것이다."라며 씨를 정원에 심도록 명하였는데 꽃이 피었다가 떨어질 때까지 과연 왕의 말과 같았다고 한다. 그것을 어찌 알았느냐는 물음에는 "무릇 여자가 뛰어나게 아름다우면 남자들이 따르고, 꽃에 향기가 있으면 벌과 나비가 따르는 법이다. 이 꽃이 매우 아름다운데도 그림에 벌과 나비가 없으니 틀림없이 향기가 없는 꽃일 것이다."라고 하였다. 덕만은

참 똑똑한 아가씨였고, 그것이 과학이었다.

그러나 모란은 가장 향기로운 꽃으로 옛날부터 이름이 높았다. 당나라 시인 이정봉은 모란꽃을 두고 "밤에는 천상의 향기 옷에 스미듯 물들고, 아침에는 천하제일 미인 술 취한 듯 붉네"라고 노래했다. 이 시 구절에서 천향국색天香國色이라는 사자성어도 만들어졌는데, 천하에서 제일가는 향기와 빛깔이라는 뜻으로 모란꽃을 달리 이르는 말로 쓰였다. 나비와 꽃을 많이 그려 '남나비'라는 별명으로 불린 남계우의 〈화접도〉 중에는 흰 꽃송이, 분홍 꽃송이, 붉은 꽃송이 탐스러운 모란꽃과 그 위로 날아드는 나비들을 아주 세밀한 필치로 그려 놓고는 제화로 이정봉의 모란 시를 인용 것도 있다. 시에는 저절로 부귀영화의 기상이 있어 당시에 제일로 칭했다는 평도 덧붙였다. 모란이 부귀영화가 되었다.

모란에 대한 찬사로는 구양수의 문장만 한 것이 없다. 북송의 정치가이자 문인으로 이름 높았던 구양수는 11세기 초 당시 낙양에서 재배된 모란 품종과 특성을 기록한 일종의 원예서인 『낙양모란기』를 쓸 만큼 이 분야의 전문가이기도 했다. 그는 책에서 "모란에 이르러서는 굳이 꽃 이름을 말하지 아니하고 그저 꽃이라고만 한다. 천하의 진정한 꽃은 오로지 모란뿐이기 때문이다"라고 썼다. 모란에 비하면 다른 것은 꽃도 아니라는 극언이다.

구양수는 『낙양모란기』에서 31종의 낙양(뤄양) 모란의 품종과 명성을 상세히 기록했다. 또한 낙양 모란이 아름다운 이유를 기후, 토양, 원예 기술의 발달 등으로 설명하기도 했다. "서민인 요 씨의 집 모란은 일천 개 이파리에 노란 꽃(천엽황화)이 피고, 위상 인부의 집 모란은 일천 개 이파리에 붉은 꽃(천엽홍화)이 피는데 이것이 바로 유명한 요황 위자이다"라는 말이 나온다. 또한 요황은 참으로 꽃 중의 왕이라 할 만하고, 위자는 왕후라 할 만하다고 했다. 요황은 황색 모란의 대표 품종, 위자는 자색 모란의 대표 품종으로 이 두 품종이 모란 가운데 으뜸이라고 평가한 것이다.

모란은 주변에서 쉽게 찾아보기 어려운 꽃이었다. 병풍에 수놓은 자수에서나 보고, 육목단 화투장에서나 보았다. 그리고 김영랑의 시 「모란이 피기까지는」을 문자로나 외우고 외웠지 꽃 빛깔이나 향기는 상상도 못 했다. '찬란한 슬픔의 봄'만 알았지 붉은 꽃잎이 정말 하나하나 떨어져 내리는 모습은 상상도 하지 못한 것이다. 화투장에서 보는 모란꽃 그림은 푸른 잎을 배경으로 꽃 모양이 풍성하면서도 아주 화려한 느낌을 주었다. 붉은색 꽃잎 가운데에는 노란 꽃술이 강렬했고, 열 끗짜리 화투장에는 노라 나비 두 마리가 꽃으로 날아드는 모습까지 화려하게 그려져 있었다. 그뿐이었다. 모란은 정말 아무런 실감이 없었다.

그러다가 모란을 제대로 마주친 곳은 아이로니컬하게도 중앙박물관이었다. 어둑한 실내 전시실을 둘러보다가 눈이 아파 밖으로 나와 박물관 앞뜰을 어슬렁거릴 때였다. 어두운 조명 아래 시간의 때가 켜켜이 쌓인 유물들만 들여다보다가 봄 햇빛 속에 싱그런 신록의 숲길을 걸으니 온몸이 다시 살아나는 듯했다. 그러다 발길이 보신각 쪽으로 향했는데 얼핏 꽃향기 같은 것이 코를 간지럽히기 시작했다. 걸음이 빨라지고 이윽고 다가섰더니 아니 이건 백모란 아닌가. 보신각을 둘러싼 나지막한 담장 안팎이 온통 백모란이었는데 그것도 아주 만발한 상태였다. 아직 오월이 되기 전 사월 하순쯤이었을 것이다. 우연이지만 아주 제때 제시간에 천향국색 모란을 마주친 것이다.

새하얀 꽃잎 안에는 노란 수술에 둥글게 둘러싸인 채 암술이 빨갛게 보석같이 박혀 있었다. 그 색의 조화가 참으로 황홀하게 아름다웠다. 나는 한 송이 한 송이마다 안녕 모란 씨! 를 되뇌며 코를 갖다 대고 향기를 음미했는데, 그때마다 내 몸이 전기에 감전되듯 전율하는 것 같았다. 그때 보신각 주변에 피어난 모든 백모란 꽃송이의 향기를 나는 훔친(?) 것 같았다.

나의 그런 모습을 가련히(?) 보았던지 어떤 아줌마 한 분이 "박물관 뒤쪽으로 가면 빨간 모란도 있어요. 아주 많아요." 친절하게 일러 주고는 쑥스러운 듯 돌아서 가는 것이었다. 내가 뭐 더 물어볼 틈도 주지 않고. 나도 잠깐은 머쓱해져 있다가 이내 박물관 뒤쪽을 찾아간 것은 물론이었다. 처음 가본 박물관 사무동 뒤뜰 축대 위에는 그녀의 말대로 자모란이 만발해 있었다. 붉은색이랄 것이지만 검은색이 짙어 이게 자모란일 거라고 생각했다. 축대가 높아 꽃이 흘리는 조금의 향기를 맡을 수밖에 없었지만 아름다운 꽃의 잔치에 가슴이 좀체 진정되지 않았다. 보고 또 보고. 한껏 들뜬 채 축대를 따라 왔다 갔다 되풀이하며 그날 나는 전시실에서보다 더 오랜 시간을 박물관 뒤뜰에 머물렀다.

박물관 안에도 여기저기 모란은 많이 있을 것이지만, 상감청자 위에 청화백자 위에 그것들은 새겨져 앞으로도 천년을 유리 진열장 안에 희미한 조명을 받으며 이름을 전할 것이지만, 지금 눈앞에 모란은 생생한 몸짓으로, 아름다운 빛깔과 향기로 벌 나비를 부르며 생의 한 절정을 구가하고 있었다. 스스로의 이름은 까맣게 잊은 채….

조지훈 시인은 「고사古寺」’라는 시에서 저물녘 산사에 모란이 지는 풍경을 고즈넉이 노래했다. 고요하면서도 아늑하게 꽃이 지는 풍경을 참으로 무위하게 그려냈다. 목탁을 두드리다 졸음에 겨워 사미승도 잠이 든 사이 "서역 만리길 / 뉴부신 노을 아래 / 모란이 진다"고. 부처님은 말이 없이 웃으시는데….

두 번째 이야기 — 유리창에 부딪혀 죽은 새
몸무게 17~18g의 딱새, 그의 주검을 손바닥으로 받쳐

본 적이 있는가. 그 한없는 가벼움에 몸을 떨어 본 적이 있는가. 눈은 살아 있는 듯 허공을 응시하고 발가락은 마지막 나뭇가지를 움켜쥔 듯 오므린 채 저쪽 세상으로 날아간 딱새 한 마리. 깃털은 굳지 않고 부드러운 감촉으로 온기를 손가락 끝으로 전해 준다. 누가 이 새를 죽었다 말할 것인가.

1920년대 어느 겨울밤에 시인 정지용은 차고 슬픈 것이 어른거리는 유리창 앞에 서 있다. 그러고는 열없이 유리에 입김을 분다. 하얗게 서린 입김은 새의 모양을 하고 길들은 양 언 날개를 파닥거린다. 죽은 자식의 환영이다. "고운 폐혈관이 찢어진 채로 / 아아, 늬는 산새처럼 날러갔구나!"(「유리창 1」)라고 노래한 그 자식이다.

그때 유리창 밖은 새까만 밤이 밀려 나가고 밀려와 부딪치고 있다. 물먹은 별 하나가 반짝이며 보석처럼 눈에 박힌다. 물먹은 별은 다름 아닌 내 눈물에 비친 별이다. 죽은 어린 자식이다. 자식은 새처럼 날아가 밤하늘에 별이 되었다. 이제 만지고 쓰다듬어 줄 수도 없이 눈물 글썽이며 바라만 볼 뿐이다.

정지용의 「유리창 1」이라는 시에서 유리창은 이승과 저승을 나누는 경계로 작용한다. 시인이 서 있는 유리창 안은 현실의 세계를 나타내고 바깥 캄캄한 밤은 죽음의 세계를 나타낸다고 볼 수 있다. 이때 유리창은 벽이다. 바라볼 수는 있지만 넘어설 수 없는 벽이다. 나는 단지 그 벽 위에 입김으로 죽은 아이의 얼굴을 그릴 뿐이다. 길들은 양 언 날개를 파닥거리는 작은 새!

유리가 현대 문명을 대표하는 물질이 된 건 그리 오래전이 아니다. 잘 알다시피 유리는 자연물이 아니라 인공물이다. 모래를 주원료로 하지만 여기에 소다(탄산나트륨)와 석회를 섞어 고온에 녹였다가 급랭시켜 만든다. 유리는 역사가 아주 오래되어 처음 만들어진 곳은 약 4,500년 전 이집트나 메소포타미아 지역이라고 한다. 초기에는 아주 귀한 대접을 받아 왕이나 귀족층의 전유물이었다. 그런 유리가 보편화된 것은 18세기 중반 산업혁명 이후이다. 그것이 공업적으로 대량 생산이 가능해지면서 유리는 급속도로 확산되고 보편화되게 된다. 특히 건축물의 경우 유리의 사용은 괄목할 만한데, 현대 건축물은 강철과 콘크리트로 골격을 세우면 나머지는 거의 유리로 도배하다시피 지어지는 것이 보통이다.

사람들은 바깥 풍경을 훤히 내다보고 햇빛을 쬘 수 있으면서도 비나 바람을 막을 수 있는 장치로 집에 유리창을 만들어 걸었다. 채광성이나 보온성 거기에 더해 미적 아름다움까지 인간의 척도로는 유리만 한 것이 없다. 썩지도 않고 쉽게 부서지지도 않는다. 또한 유리는 투명하면서도 두께가 있어 빛은 통과시키면서도 바람은 통과시키지 않는다. 비도 통과시키지 않는다. 이쪽과 저쪽을 시각적으로는 소통하지만 공간적으로는 단절한다.

유리창이 현대 문명의 이기인 것은 분명하다. 그러나 다른 많은 문명의 이기가 그렇듯 그것이 사람에 한한다는 것 또한 분명하다. 인간에게는 이기이지만 다른 생물체에게는 벽이 되고 재앙이 되는 비극성이 있는 것이다.

2020년대 어느 날짜 외신은 미국 시카고 미시간호변에 있는 유명 무역전시관 '맥코믹 플레이스' 중 레이크 사이드 센터에 1,000여 마리 철새가 떼죽음한 사건을 보도했다. 이 센터는 연면적 5만 4,000㎡ 규모의 4층짜리 건물로 외벽이 전면 유리로 만들어졌다. 이날 센터 주변이 온통 철새 무덤으로 변했는데 새들의 사체가 바닥에 떨어져 마치 카펫을 깔아 놓은 것처럼 보였다고 전했다. 전시관 현장 요원들은 33종의 새 964마리의 사체를 수거했는데, 평소에도 맥코믹 플레이스 주변에서는 하룻밤에도 십여 마리의 죽은 새가 발견되는데 천 마리 가까운 규모는 처음이라고 했다.

전문가들은 "본격적인 철새 이동철인 데다 비 오는 날씨, 저층 전시장의 조명, 통창을 이어 붙인 건물 벽 등이 사고를 부른 것으로 보인다"고 덧붙였다. 조류 전문가들은 미국에서 매년 수억 마리의 새가 건물 유리창에 부딪혀 폐사한다며 "밤에 이동하는 새들은 별빛과 달빛에 의존해 항해하는데, 건물에서 나오는 밝은 빛이 이들을 유인하기도 하고 혼란스럽게 만들어 때때로 창문을 들이받거나 지쳐 죽을 때까지 불빛 주변을 맴돌도록 만든다"고 설명했다.

이보다 2년 전에도 최소 291마리의 철새가 뉴욕의 세계무역센터^{WTC} 외벽 유리창과 충돌해 떼죽음을 당하는 일이 발생했다. 9·11테러 20주기였던 주간에 발생해 사람들에게 더 큰 충격을 주었다. 고층 빌딩이 즐비한 맨해튼에서 조류 충돌 사고는 흔히 발생하는 지속적인 문제로 꼽히지만 이 폐사 사건은 지금껏 뉴욕에서 발생한 조류 충돌 사고 중 가장 큰 규모다. 철새들은 실내조명 등 빌딩에서 새어 나오는 불빛과 유리창에 반사된 빛 때문에 방향 감각을 잃어 건물 외벽과 충돌한 걸로 보인다. 특히 이때는 폭풍으로 철새들이 평소보다 낮게 날면서 이런 일이 발생했다고 한다.

이러한 유리창 충돌 사고는 우리나라도 예외가 아니다. 국립생태원 자료에 따르면 우리나라에서 매년 800만 마리의 새가 유리창 충돌로 죽는다고 한다. 하루에 2만 마리가 유리창에 부딪혀 죽는 것이다. 우리나라의 경우 빌딩 유리창뿐 아니라 아파트나 고속도로 주변 투명 방음벽에도 부딪혀 죽는다. 새들은 장거리를 이동하는 철새들 말고는 그렇게 높이 날아다니지 않는다. 조류 충돌에 있어 12~18m 구간이 새들에게는 제일 취약한 높이라고 한다. 도심 가로수가 대개 이 높이까지 자라기 때문이다.

그래서 4층 이하 낮은 건물에서 충돌이 많이 일어난다. 우리나라는 4층 이하 건물이 전체 건물 중 90% 이상을 차지한다. 건축물의 위치도 중요한데 서울 강남 한복판은 조류 서식 밀도가 워낙 낮기에 충돌 사고는 많지 않지만, 시골의 펜션이나 전원주택, 통창을 가진 카페 등에 새들이 많이 부딪쳐 죽는다고 한다. 조사 자료에 따르면 멧비둘기, 직박구리, 참새, 박새, 물까치, 오목눈이, 까치 등 텃새들의 피해가 두드러졌고, 참매, 긴꼬리딱새, 황조롱이, 소쩍새, 솔부엉이 등 법정 보호종도 충돌 사고를 피하지 못했다.

새들의 눈은 사람과 달리 머리 옆에 달려 있다. 이로 인해 시야가 좁아져 유리창 같은 구조물을 잘 인식하지 못한다. 그래서 유리창 건너편 공간(숲이나 하늘) 또는 유리창에 반사된 공간으로 빠른 속도로 날다가 유리창에 부딪히는 것이다. 소형 조류의 경우 두개골은 달걀 껍질 정도의 경도를 갖는데, 새들이 유리창에 충돌하는 경우 대부분 뇌 손상을 입어 죽는다. 살더라도 부리가 부러지거나 깃털이 빠지고 눈 손상을 입어 자연 상태에서는 더 이상 살아가기 어려운 경우가 많다.

아침이면 영혼처럼 맑은 유리창에는 다시 하늘과 수풀이 비치고, 초록 잎새의 환상과 붉은 열매의 기억이 떠오르지만 새의 주검은 고요하다. 조심스럽게 들어 올려 보면 고개가 아래로 축 처지고 핏방울 하나 없이 보드라운 깃털의 온기만 따스하다.

세 번째 이야기 — 정선의 동작진도를 추억하며

겸재 정선은 영조 때인 1740년 양천현감으로 있으면서 서울(한양)의 교외 지역 특히 한강과 그 주변 지역의 아름답고 이름난 경치를 그림으로 그렸다. 〈경교명승첩〉으로 일컬어지는 화첩이 그것인데 비단 바탕에 수묵 담채로 그렸으며, 크기는 지금의 A4 용지만 하다. 그림들은 금강산 그림에서 주로 보이는 수묵의 강렬한 필치 대신 청록, 혹은 연한 담채 등을 구사하여 한강변 실경의 서정적 아름다움을 잘 표현했다. 또한 지금은 도시 개발 등으로 파괴된 한강의 원래의 모습을 알려주는 자료로서도 아주 큰 의미를 갖는다.

그림은 광진, 송파진, 동작진, 양화진, 선유봉 등의 자연물과 압구정, 이수정, 소요정, 귀래정 등의 별서(별장) 그리고 공암층탑, 행호관어, 목멱조돈, 안현석봉 등의 팔경을 그린 것으로 나누어 볼 수 있다. 이 중 〈동작진〉은 지금의 동작대교가 있는 동작나루를 건너편 이촌동 쪽에서 바라보고 그린 것이다. 동작진은 조선 후기에 발달한 도선장으로 기록에는 과천현 북쪽 18리에 있었다고 하는데 현재 반포아파트 서편 반포천 입구에 해당하는 곳이나. 예선에는 수심이 깊고 나루 위에는 모노리탄과 기도(바둑섬)가 있었다고 한다. 이곳은 남태령을 넘어 과천을 지나 수원으로 빠지는 삼남대로의 길목으로서 5척의 진선이 배속되어 있었던 중요 나루이다.

정선의 동작진도를 보고 있노라면 지금은 사라지고 없는 옛 풍경의 정취에 나도 모르게 빠져들게 된다. 작품에는 계절적인 배경이 특정되어 있지는 않지만 풍경은 푸른 '고향의 봄'을 연출하고 있다. 실제로 동작나루 일대는 봄이면 진달래와 철쭉이 만발했다고 하는데 정선의 그림에서는 꽃 대신 물가의 버드나무가 우거진 모습을 볼 수 있어 시절은 봄이거나 여름으로 넘어가는 어느 때인 것은 분명하다. 나무와 숲의 초록으로 산뜻한 색감이 푸른 계절감을 북돋고 있다.

〈동작진〉 그림이 '고향의 봄'같이 정겨운 데에는 우리에게 낯익은 산과 지형이 그림 속에 여실히 그려져 있기 때문이기도 하다. 어 이건 관악산 아냐? 이건 청계산이고 그 아래 작은 산은 우면산, 그리고 오른쪽 이건 삼성산… 가까이 왼편 깎아지른 봉우리는 동작봉이고 지금 이 아래로는 지하철 4호선 터널이 뚫려 있지. 오른쪽 좌청룡 자리에 이건 서달산일 거야. 그렇게 좌청룡 우백호로 아늑하게 삼태기처럼 감싸인 마을은 지금의 현충원이고… 왼쪽 강가로 수풀 우거진 곳이 지금의 구반포 아파트 자리이고 그 오른쪽 양반 일행이 강 쪽으로 내려오는 길이 지금의 동작대로, 사당역을 거쳐 과천으로 넘어가는 삼남대로이고.

그림 한가운데 지금의 현충원 자리에 삼태기처럼 아늑하게 감싸인 마을을 당시에는 상지동이라 불렀던 것 같다.

조선 중기 이래 이 일대는 세도가의 별서가 들어서 있었다. 그림에는 숲에 감싸인 채 적당한 거리를 두고 규모 있는 기와집들이 그려져 있다. 그림에는 보이지 않지만 이 골짜기 위쪽에는 조선 왕조 11대 중종의 후궁이자 선조의 할머니 되는 창빈 안씨의 묘소가 있다. 처음 경기도 양주 땅 장흥에 모셨으나 이곳으로 옮겨 오고 난 뒤 손자인 선조가 임금이 되어 이곳을 '동작릉'이라 부르기도 했다. 풍수가들은 이곳을 국립묘지 묘역에서도 진혈로 꼽기도 한다. 어쨌든 상지동에 별장을 지은 이들은 이곳이 풍수적으로도 명당 길지이자 한강을 조망하는 명승지라는 자부심을 가졌을 법하다.

호곡 남용익의 별서도 지금의 현충원 자리에 있었다. 남용익은 동작나루 부근의 팔경을 노래하기도 했는데 다음과 같다. 화장사의 저녁 종소리(화사모종), 한강 위로 돌아오는 돛단배(한수귀범), 농암의 저녁 안개(농암만연), 반포 기도의 봄 숲(기도춘수), 부현에 떠오른 가을 달(부현추월), 관악산의 맑은 안개(관악청람), 용산의 낙조(용산낙조), 노량진의 고기잡이배 등불(노포어등) 등이다. 화장사는 현충원 구내에 있는 지금이 [illegible] 말하는데 고려 공민왕 때 세워진 절로 선조 때는 창빈 안씨의 원찰로 삼기도 했다. 팔경의 대부분은 지금은 볼 수 없는 것들이지만 친숙하게 느껴지는 것은 지명이나 위치가 우리에게 아주 낯익은 것이기 때문일 것이다. 삼백여 년 전 동작나루 주변의 아름다운 풍경이 하나하나 눈에 밟힐 듯하다.

〈동작진〉 그림에서 눈을 아래쪽으로 내려 보면 지금과는 너무도 다른 옛날 나루터 풍경과 마주하게 된다. 직강화되지 않은 자연 그대로의 너른 강물과 아래쪽의 백사장. 나루터에는 20여 척의 크고 작은 배들이 돛은 접은 채 정박해 있는데 당시에는 바다를 오고 갔다는 쌍돛배도 여러 척 보인다. 강 가운데로는 손님과 나귀를 태우고 삿대를 저어오는 나룻배 한 척. 아래 모래톱에는 말을 탄 채 구종과 함께 배를 기다리는 선비 일행이 있고, 건너편 나루터에도 과천 쪽에서 올라온 선비 하나가 나룻배를 기다리고 있다. 사공이 긴 삿대로 배를 물가에 대려 하고, 나귀 탄 선비는 깎아지른 동작봉 높은 봉우리를 올려다보기에 여념이 없다. 높다란 봉우리는 가막재라고도 불렀던 부현으로 지금은 그 밑으로 지하철 4호선 터널이 뚫려 있다.

강을 건너 다니는 나룻배들은 사공이 노 대신 삿대를 쓰는 것을 보면 하상이 깊지 않았다는 것을 알 수 있다. 삿대는 '상앗대'의 준말로 배질을 할 때 쓰는 긴 막대이다. 배를 댈 때나 띄울 때, 또는 물이 얕은 곳에서 배를 밀어 나갈 때 쓴다. 그림에서 두 척의 나룻배는 강의 남쪽 물가의 배나 강 가운데의 배가 모두 삿대를 쓰고 있는 것을 볼 수 있다. 실제로는 강의 남쪽이 수심이 더 깊어 배들이 정박해 있고 북쪽으로는 점차 얕아지며 백사장으로 이어져 있다. 어쨌든 강은 자연스런 예전 모습을 그대로 보여주고 있다. 아래쪽 백사장은 강 쪽으로만 조금 그려져 있는데 서빙고 이촌동까지 이어지는 넓은 백사장이었을 것이다.

이 백사장이 현재의 동부이촌동 아파트 단지에서 노들섬까지 이어졌던 유명한 '한강 백사장'이다. 1960년대까지 이곳은 시민들의 대표적 놀이터였는데 여름엔 인파가 몰려 강수욕을 하고 놀잇배를 탔으며, 겨울엔 썰매를 타고 얼음낚시를 했다. 자유당 시절엔 이곳이 대규모 유세장으로 사용되기도 했다. 일찍이 『선조실록』에는 선조가 명군의 진법 연습을 관람하거나 명군의 장수들을 위로하고 전별하는 장소로 동작강 사장(모래톱)이 여러 차례 나온다. 물론 동작강 사장은 지금의 동작역 쪽이 아니라 건너편 동부이촌동에 있던 넓은 백사장을 가리킨다.

동작나루가 없어진 것은 1917년 건립된 한강 인도교 때부터이다. 인근에 다리가 생겼으니 나루는 자연히 유명무실해졌다. 그러나 1960년대 중반까지만 해도 옛 모습을 거의 잃지 않고 있다가 1968년부터 시작된 한강 개발 계획으로 크게 바뀌기 시작했다. 이촌동 인근에 둑을 쌓아 안쪽을 메우고 그 위에 강변북로를 세우는 데 필요한 골재로 백사장의 모래가 쓰이기 시작한 것이다. 1980년대 들어서면서는 한강 남쪽 강변을 따라 올림픽대로를 건설하고, 둔치에 시민공원을 조성하면서 동작나루의 모습은 완전히 달라졌다. 그리고 마지막 남아 있던 동작나루 터의 풍경은 1985년 개통된 지하철 4호선의 준공과 함께 우리의 기억 속에서 영영 사라지게 되었다. 강을 건넌 지점에는 동작대교와 동작역이 세워지고 4호선 전철은 바로 코앞에 우뚝한 산등성이에 터널을 뚫고 사당역으로 과천으로 내달리게 되었다.

그 시절의 아름답고 고즈넉한 풍경은 이제 A4 용지만 한 비단 위에 청록의 산수화로만 남아 있다. '동작진'이라는 나루 이름과 함께….

네 번째 이야기 ― 밥전거리 떡전거리

대학 시절 처음으로 제대로 된 춘향전을 읽었을 때의 기억이 생생하다. 하드커버에 두툼한 책은 페이지마다 교주가 하단을 가득 채우고 있었는데 그것을 보지 않고는 한 줄도 제대로 읽을 수 없었다. 어렸을 때 읽은 동화책 같은 춘향전과는 하늘과 땅 차이였다. 작품 곳곳에 삽입된 한시나 한문 전고를 읽는 것도 어려웠지만 그 시대의 우리말과 속어, 속담, 당대의 풍속을 이해하기도 쉽지 않았다. 그러나 스토리를 따라가면서 읽다 보면 생생하면서 맛깔스러운 묘사와 표현력은 경이롭기까지 했는데, 우리말의 장점을 극대화하여 가히 말을 가지고 논다는 생각까지 들었다. 근래에 지명을 공부하면서 춘향전을 다시 들춰보았는데, 작품 속의 지명 역시 당시의 살아 있는 삶의 숨결을 풍성하게 담고 있었다.

완판 『춘향전』(원명 '열녀춘향수절가')에 보면 이몽룡이 암행어사를 제수받고 남원으로 내려가는 대목에 이른바 '어사노정기'라 불리는 부분이 있다. "부모전 하직하고 전라도로 행할 새 남대문 밖 썩 나서서 서리 중방 역졸 등을 거느리고 청파역 말 잡아 타고 칠패 팔패 배다리 얼른 넘어 밥전거리 지나 동적이를 얼핏 건너 남태령을 넘어 과천읍에 중화하고…"로 이어지는 부분에 나열된 지명들은 단순히 남대문에서 과천에 이르는 도정의 이정표가 아니라 당시 서민들의 생활 속에 살아 숨 쉬는 지리와 풍속을 담고 있어 하나하나가 흥미롭게 느껴졌다.

이 중에 밥전거리는 '밥'이라는 말의 정겨움과 함께 몇 가지 궁금증을 불러일으켰다. 전廛은 비단전, 생선전같이 물건을 파는 가게를 뜻하는 한자이니 밥전거리는 밥을 파는 집(가게)들이 모여 있는 거리를 뜻한 것으로 보인다. 신경준의 『도로고』에는 반전거리飯廛巨里로 나오는데 '밥'을 한자 반飯으로 바꾸고 거리는 한자의 음을 빌려 표기했다. 밥전거리는 뜻으로는 아무 문제가 없이 쉽게 파악이 됐는데 내게 궁금증으로 남은 것은 왜 주막거리가 아니고 밥전거리로 불렀느냐는 것이고 그곳에서는 무슨 밥을 팔았을까 하는 것이었다.

조선 후기에 여행객이 길 가는 도중에 밥을 해결할 수

있는 곳은 주막이었다. 주막은 주사·주가·주포라고도 불렸으며, 현대적 의미로 볼 때 술집과 식당과 여관을 겸한 영업집이라고 할 수 있다. 옛 주막에서는 술이나 밥을 사 먹으면 대체로 잠은 공짜로 재워 주었다. 주막의 표시로 문짝에다 '주酒' 자를 써 붙이거나 창호지를 바른 등을 달기도 하였다. 또 장대에 용수를 달아 지붕 위로 높이 올리거나, 소머리나 돼지머리 삶은 것을 좌판에 늘어놓아 주막임을 알리기도 하였다. 대체로 주막이 많이 분포되어 있는 곳으로는 장터, 큰 고개 밑의 길목, 나루터 등이었다.

삼각지 부근에 있었던 밥전거리는 다른 곳에서는 그 예를 찾기가 쉽지 않다. 주막거리는 많아도 밥전거리라 부른 곳은 찾기가 어려웠다. 왜 주막이라는 말을 쓰지 않고 굳이 밥전이라는 말을 썼을까. 그 이유가 궁금하지 않을 수 없는데, 다른 예가 없으니 이유를 찾기가 쉽지 않다. 고민 끝에 숙박은 하지 않고 밥만 전문으로 영업을 했기 때문이 아닐까 짐작해 볼 수밖에 없었다. 요즘 말로 하면 밥집인 셈인데 술이야 당시로는 으레껏 반주 정도로 따라붙는 것으로 보아 그냥 밥집으로 불러도 무방할 것 같았다.

춘향전을 보면 동작나루를 건너고 사당동 남태령을 넘어 과천에서 점심을 먹었다고 했으니 이곳 삼각지 밥전거리에서는 새벽 일찍 서둘러 여장을 준비해서 남대문을 빠져나온 뒤 비로소 아침을 먹었던 것으로 볼 수 있다. 요즘 말로

하면 해장국 같은 음식이지 않았을까 싶다. 당시에는 주막집에서도 식사류는 장국밥이 주종을 이루던 시절이다. 장국밥은 양지머리와 소 부산물들을 삶아 낸 육수에 데친 나물들을 얹어 먹는 국밥 형태로, 특히 간장으로 간을 맞추고 먹기 전 토렴 과정을 거치는 것이 특징이다. 토렴은 밥에 뜨거운 국물을 여러 번 담았다 비우며 데우는 것을 말한다. 조선 후기 보부상들의 활동이 활발해지고 금기시했던 소고기가 허용되면서 주막을 중심으로 유행하기 시작했다고 한다. 장국밥은 특별히 다른 반찬을 따로 갖추지 않아도 김치만 있으면 먹을 수 있어 간편하고 빠르게 먹을 수 있는 장점이 있다.

지금은 빌딩 숲으로 변해버렸지만 예전 종로의 청진동 해장국집 골목도 본래는 경기도 고양으로부터 무악재를 넘어온 나무꾼이나 채소 장수들이 밤새 짐을 지고 와서 새벽에 요기를 하던 곳이라고 한다. 조선 시대나 일제 강점기에는 무악재를 넘어 도성 안으로 나무나 채소를 팔러 오는 장꾼들 중에는 고양 사람들이 많았다고 한다. 그렇게 새벽 장을 보고 가는 사람들을 일컬이 '새벽 상수'라 했는데 이들을 상대로 하는 국밥집이 생기기 시작한 것에서 청진동 해장국집 골목이 유래되었다는 것이다. 그들이 아침 대신으로 먹던 막걸리 한 사발과 훌훌 국물과 함께 떠먹는 국밥이 발전해 해장국이 되었다고 한다. 청진동 해장국은 소뼈

국물에 우거지, 감자, 콩나물 등을 넣고 얼큰하게 끓이지만 여기에 선지와 양을 넣은 선지해장국이 유명했다.

풍속화로 유명한 김홍도의 〈주막〉이라는 그림을 보면 당시 주막에서 밥을 먹는 모습을 생생하게 볼 수 있다. 볏짚으로 지붕을 얹고 기둥만 두 개 있을 뿐 벽이 없이 앞으로 터진 초가집 주막이다. 가게 왼쪽 부뚜막 위에는 주모가 앉아 손잡이가 긴 국자인 술구기로 오지 술독에서 술을 한 사발 퍼내고 있다. 오른쪽은 손님들이 식사하는 공간으로 요즘 같은 탁자나 의자는 없고 맨땅바닥이다. 두 손님이 있는데 안쪽의 손님은 곰방대를 입에 문 것으로 보아 식사를 마치고 허리춤에 찬 주머니를 끄르며 밥값을 치르려는 중이다. 등에 짐이 가득해 물건을 팔러 가는 사람인 것 같은데 더벅머리인 총각이다. 앞쪽의 손님은 패랭이를 쓴 중년의 사내로 넓적한 돌판 위에 앉아 허리를 숙이고 큰 사기그릇을 기울이며 숟가락으로 마지막 국물까지 떠먹고 있다. 사각의 낮은 밥상 위에는 김치보시기와 간장 종지 같은 것만 놓여 있다. 커다란 밥그릇이 하나인 것으로 보아 밥 따로 국 따로가 아니라 국에 밥을 말아 내놓는 국밥인 것을 알 수 있다.

삼각지 밥전거리는 지금도 맛집이 즐비한 음식점 거리로 이름이 나 있다. 한강대로62길 먹자골목이 그곳이다. 처음에는 '삼각지 대구탕 골목'으로 이름이 나기 시작했는데,

지금도 삼각지역 1번 출구 우리은행 건물 뒤편으로는 대구탕 식당들이 성업 중이다. 1970년대 후반부터 이 골목에는 대구탕 집들이 들어서기 시작했는데 초창기에는 현재 전쟁기념관 자리에 있던 육군본부 군인이나 군속들이 많이 찾았다고 한다. 지금은 대구탕 말고도 여러 맛집들이 골목을 채우고 있는 먹자골목으로 변해 옛날 밥전거리의 명맥을 잇고 있다. 삼각지 먹자골목에서 남쪽으로 용산 미군기지(현 용산어린이정원 내 가로수길)를 거쳐 국립중앙박물관이 있는 이촌역으로 뻗은 길이 옛 삼남대로인 것으로 보인다. 지금은 중간이 가로막혀 용산역 쪽으로 돌아가야 한다.

어사또 일행은 이 길로 해서 동작나루를 건너 사당동 남태령 넘어 과천에서 점심(중화)을 먹고, 사그내 미륵당이를 거쳐 수원에서 첫날 밤을 잔다. 둘째 날은 대황교 떡전거리 진개울 중밑을 지나 진위읍에서 점심을 먹는데, 여기에서는 떡전거리가 나온다. 떡전거리는 떡 병餠 자에 가게 점店 자를 써서 병점이라 썼는데 지금의 화성시 동부에 위치한다. 이곳은 삼남대로가 지나는 길목에 있어 사람들의 왕래가 빈번하였고, 행인들이 요기를 하던 떡 가게가 많아서 떡전거리로 이름 붙여졌다.

옛날 떡 가게에서는 떡을 사 먹으면 목메지 말라고 김칫국이나 시래깃국을 함께 내주었다. 그러니 떡전거리에서 사 먹는 떡은 한 끼 식사를 대신할 수도 있었을 것이다. 밥전거

리, 떡전거리는 여행자들에게는 그냥 지나치기 어려운,
배를 쓸며 반색하던 거리였던 것이다.

동작역에서

초판 1쇄 발행 2026년 4월 20일

지은이 윤재철
펴낸이 조기조

펴낸곳 도서출판 b
등 록 2003년 2월 24일 (제2023-000100호)
주 소 08502 서울시 금천구 가산디지털2로 169-23 1501-2호
전 화 02-6293-7070(대) 팩시밀리 02-6293-8080
누리집 b-book.co.kr 전자우편 bbooks@naver.com

ISBN 979-11-92986-57-9   03810
값_12,000원